KB108444

예쁘고 예쁜 작은 꽃들 피었다

소통과 힐링의 시 26

예쁘고 예쁜
작은 꽃들 피었다

이인환 시집

관계

사람이 떠나면 허물어지는 집을 보라
사람이 떠나면 너도 허물어진다

허물어지기 전에 사람을 들여라

2부
발밑을 챙겨보라고
작은 꽃들 피었다

3부
주는 이 있을 때
고마운 줄 모르고

4부
없다고 보면 없지만
있다고 보면 있는 것

1부

행복이 별건가
버무리면 행복이지

콩나물국밥

그는 내게 콩나물국밥을 권했고
나는 눈시린 사랑을 받았다
아는가?
사랑은 큰 게 아니라
속 쓰릴 때 받는
콩나물국밥 같은
작은 것에
더 많이 스며든다는 걸

봄처럼 살자 우리

반가운 사람으로 살자 봄처럼
바람결에 살랑이는 기별만으로도
창가에 어른이는 기척만으로도
오랜 기다림 따스히 녹여주며
설렘 가득 다가서는 봄처럼
반가운 사람으로 살자 우리

포근한 사람으로 살자 봄처럼
생글생글 마주하는 눈빛만으로도
살폿살폿 스쳐가는 발길만으로도
새순 꽃순 망울망울 터트리며
희망 가득 채워주는 봄처럼
포근한 사람으로 살자 우리

미소 짓는 사람으로 살자 봄처럼
어디서나 부딪히는 돌부리라도
언제나 헤살짓는 인연이라도
산수유 목련 냉이 꽃다지 산과 들
꽃 꽃 꽃 환하게 펼치는 봄처럼
미소 짓는 사람으로 살자 우리

꽃봉오리

순전히 개인적인 경험인데 봄만 되면
꽃봉오리 노래하다 봉우리로 잘못 써서
그 좋은 노래에
티 하나 남기는 이들 참으로 많습니다

글자 하나 틀리는 게 대수랴만
틀리기 쉬운 우리말 아무리 배웠어도
애써 챙기지 못하면 틀릴 때가 있듯이
행복은 높은 곳에 있는 게 아니라
들이쉬고 내쉬는 숨결 곁에 있다고
아무리 배우고 익혔어도
높은 곳 우러르는 습관 따라
무의식 중에 본심으로
높은 산봉우리 치켜보다
배운 것을 배운 대로 쓰지 못하고
그 좋은 노래에
선명한 티 하나 남기는 건 아닌가
새삼스레 꽃봉오리 챙겨보게 합니다

행복은 내쉬고 들이쉬는 숨결 곁에
봉오리는 꽃으로 봉우리는 산으로
배운 것은 익힌 대로
제 자리 찾아주는
꽃봉오리
오롯이 챙겨보게 합니다

어린 시절

내 가슴에는 힘들 때마다
수시로 꺼내보면 힘을 주는
요술보석이 빛나고 있습니다

아버지가 필요할 땐 뒷동산의
집채만한 나뭇짐 천하장사 산울림
어머니의 품이 그리울 땐 초가집
아랫목 이불 아래 꼭꼭 싸맨 밥주발
친구가 보고플 땐 벌거숭이
너나들이 첨벙첨벙 개여울의 햇살
오롯이 펼쳐주는 요술보석이 있습니다
내 마음에는 기쁠 때마다
저절로 솟아나며 더욱 빛나는
요술보석이 가득 있습니다

비밀번호 없어도 오로지 나만이
열고 잠글 수 있는 최첨단 보석상자
묵으면 묵을수록 더욱 진하게 빛나는
김치된장국 졸이고 졸이던 질화로
보리밥 뱃심 든든히 부리던 호기
세상이 다 내 거다 내 거
큰 꿈 펼치던
내 마음의 요술보석 가득 차 있습니다

내 안에는 언제나 수시로 저절로
힘을 주고 빛내주는 화수분 같은
요술보석이 오롯이 자리잡고 있습니다

버무리

아는 사람이 누릴 줄 알 듯이
누리는 사람이 버무릴 줄도 압니다

세상은 버무리 한 생도 버무리
버릴 것 없어라 사랑도 눈물도
있는 대로 없는 대로
쓱쓱싹싹 오물조물

행복이 별건가
버무리면 행복이지
남는 대로 부족한 대로
썩썩쓱쓱 조물조물

아는 사람이 즐길 줄 알 듯이
즐기는 사람이 버무릴 줄도 압니다

해돋이

아무리 흔들어 봐라
내가 너를 놓치나
돌고 도는 건 언제나 너
떠나고도 떠나지 못하는 너

애오라지 나는 이 자리
너를 잊지 못하는 이 자리
외로움에 흔들릴 수 없어
굳건히 자리 잡은 그리움의 중심
그리움도 희망이라고
나는 언제나 이 자리

불타는 그리움은 어쩔 수 없어라
오롯이 데지는 말라고
멀리 머얼리 지켜만 보라고
오늘도 내 안의 그리움은
화알짝 활활
아무리 흔들어도 놓치지 않는 중심
그 중심을 새겨보라고
희망을 품어보라고 활활

장미와 소박이

유월의 햇살 아래 길을 걷다
담장과 대문을 장식한
빨갛고 예쁜 장미들을 보다 보니
문득 길거리 장미가 더 아름다운 건
울대와 나무와 담쟁이와
참 잘 버무려졌기 때문이 아닐까
우리도 저렇게 버무려지면
더 아름답지 않을까
꼬리를 잇는 생각에 흥얼흥얼

원숭이 엉덩이는 빨개
빨가면 장미 장미는 버무려
버무리면 소박이 소박이는
어머니 어머니는 식은 밥
식은 밥은 비빔밥
비빔밥은 고추장
고추장은 빨개 빨가면 장미
장미는 버무려 버무리면 소박이
소박이는 어머니
어머니는 식은 밥

문득 소박이 침샘으로 스며드는
생오이 부추 파 마늘 고춧가루
장미 담장 울대 어머니 식은 밥
아웅다웅 우리들 한 생 쓱쓱 싹싹
제가 이래 보여도 버무리는
재주가 좀 있나 봅니다

가을, 폐가에서

흔하면 몰라보는 것은 누구탓입니까
너무 흔하니 좋은 걸 당연하다 여겨
어쩌다 조금만 마음에 차지 않으면
그게 전부인양 손해라고 탓하며
넘치는 사랑 제대로 누리지 못하는
어리석음은 진정 누구탓입니까

언제까지나 머무를 줄 알았던 거죠
가까이 가까이 있는 것만으로도
충분한 사랑인 줄 몰라
먼 곳만 바라보고 바라보다
무리무리 정성 들인 꽃밭에서
흔한 사랑 몰라 보더니

누구도 가꾸지 않는 폐가에
홀로 남게 되고 나니
여린 바람에도 의지할 곳 없어
쓰러지고 엎어져 악착스레
밑바닥을 박박 기고 나서야
회한의 미소짓는 코스모스

그런 거지요 흔하니 몰라보고
곁에 머물러 주는 것만으로도
충분히 넘치는 사랑인 줄 모르고
지나봐야 알고 겪어봐야 느끼는
아픈 사랑 가득 머금고
납작 엎드린 폐가의 코스모스
흔할 때 몰라본 회한은 누구탓입니까
넘칠 때 누리지 못한 건 누구탓입니까

발끝에 차이는 꽃잎을 따라

다음 생에 우리 꼭 다시 만나자
내가 너로 네가 나로
못 다 한 이야기 꼭 풀어보자

나는 오늘도
발끝에 차이는 꽃잎을 따라
있을 때 못 다 한 회한의 세월을
살아가나니

풀어도 풀어도 이생엔
차마 다 풀지 못할 이야기
차곡차곡
쟁여가고 있나니

다음 생에 우리
이생에서 꼭 다시 만나자
내가 너로 네가 나로

기다리는 눈은 오지 않고

기다리는 눈은 오지 않고 비가 내렸다
아직 달래지 못한 그리움이 지천인데
훌쩍 떠나버린 한 해의 시간을 추스리며
원하는 대로 들어주지 않는다고
하늘은 탓하지 않기로 했다
그리움이 기다림이 어디 하늘 탓이랴
있는 그대로 받아들이지 못하는
하여 그대 향한 그리움조차도
온전히 내것으로 달래지 못하고
창가를 적시는 빗물에
아련히 물들어가는 내 탓이지
기다리는 눈은 오지 않고 비가 내렸다
하늘은 탓하지 않기로 했다
기다림은 나의 뜻이고
그리움은 온전히 나의 생이기에

별의 속내

크게 울어본 사람은 알리라
왕창 쏟으며 대성통곡하던 하늘이
언제 그랬냐는 듯 티 하나 없이
맑고 파란 얼굴 드러내는 속내를

짙게 그리움에 물든 사람은 알리라
두 번 다시 살 수 없을 것 같은
죽음보다 더한 그리움의 나락에서
환한 미소 드러내는 이의 속내를

웃을 수 없으면 그대 앞에 서지 않으리
웃을 수 없으면 그리워하지도 않으리
이생에 내가 사는 이유 하나
끝끝내 그대 앞에 드러내지 않으리

크게 울어본 사람은 알리라
짙게 그리움에 물든 사람은 알리라
새까만 밤이 더욱 짙어질수록
밝은 미소 드러내는 별의 속내를

쓰고 쓰다

쓰다 쓰다 쓸수록 물들어가고
쓰다 쓰다 쓸수록 익숙해지는 것은
쓴 생애에 커다란 위안이더라

쓰다 쓰다 약이 쓰다 시를 쓰다
입이 쓰다 힘쓰다 악쓰다 기를 쓰다
인생도 쓰고 인상도 쓰고 일상도 쓰다

동사 형용사 가리지 않고 쓰다 보니
쓰다 쓰다 안 쓰는 곳 없이 다 쓰다 보니
쓴 생도 일상으로 물들어가고

그립다 그립다 쓰다 쓰다 보니
쓰라린 그리움도 위안이 되고
쓰다 쓰다 그립다 그립다

쓰다 쓰다 쓸수록 물들어가고
쓰다 쓰다 쓸수록 익숙해지는 것은
쓴 생애에 커다란 위안이더라

그리움이 한쪽으로만 흐른다면

그리움이 한쪽으로만 흐를 때는
적당히 뒤집어 줄 네가 필요하다

너도 알지 않니
그 겨울 난로 위에 올려 놓았던
한 끼를 일용할 도시락이
뒤집어 줄 사람을 만나지 못해
시커멓게 타들어가면서 새겨주었던
적절한 교체 타이밍의 중요성을

너도 알지 않니
그리움이 한쪽으로만 흐른다면
속절없이 타들어간 그리움은
숯이 되고 재가 된다는 걸
한쪽으로만 흐르는 내 안의
그리움을 뒤집어 줄 사람은
오직 하나뿐이란 걸

그리움이 한쪽으로만 흐를 때는
적당히 뒤집어 줄 네가 꼭 필요하다

다 큰 사람이 울 때는

왕창 같이 울어줘야 한다
와락 함께 쏟아줘야 한다

다 큰 사람이 울 때는
때가 온 거다
더 맑아질
기회가 온 거다

왕창 울고 나서 맑아진 하늘처럼
와락 쏟고 나서 밝아진 나처럼

8월의 끝자락

가장 치열한 선택은 버텨내는 힘이다
세상 모든 것 사를 듯이 푹푹 쪄대던
광란의 하늘 아래 땅 위에서
피할 수 없어도 탓할 줄 모르고
묵묵히 버텨낸 생명들을 보라
우리가 그런 것처럼 저들도 힘들었고
저들이 그런 것처럼 우리도
정말 꿋꿋이 잘 버텨냈다

잊지 마라 때로는 더러는
버티는 것이 이기는 것이다
기다리는 것이 최선이다
고통이 극에 달해 힘이 들어
너무 힘에 겨워 아무리 생각해도
아무것도 할 수 없을 것만 같을 때는
아무 것도 하지 말고 오롯이
기다림의 자세로 버텨보라

가장 치열한 선택은 버텨내는 힘이다
낮과 밤 가리지 않고 푹푹 쪄대던
광란의 하늘 아래 땅 위에서
피할 수 없어도 탓할 줄 모르고
묵묵히 버텨낸 생명들을 보라
8월의 끝자락
언제 힘들었냐는 듯이 튼실히
여물어가는 인고의 열매를 보라

계란 프라이에는

계란 프라이에는 사랑 가득한
어머니의 향내만 있는 줄 알았는데
방구석에 아무렇게나 던져 두는
함께 사는 이들의 양말이 있더라
무심코 짜대는 치약도 있더라

사랑하는 이들이 부딪히는 걸 보면
함께 사는 사람들이 싸우는 걸 보면
정말 별거 아닌 이유 많더라
누구는 완숙 누구는 반숙
애써 입맛 맞춰주지 못하면
혼자일 땐 아무렇지 않을
양말 벗는 버릇까지 끌어들여
온 집안을 흔들고

왜 치약을 밑에서부터 짜지 않고
아무렇게나 생각없이 짜대냐
어차피 이래 쓰나 저래 쓰나
다 쓰기는 마찬가진데
정말 별거 아닌
치약 짜는 버릇까지 소환해서
천하의 몹쓸 사람 만들더라

계란 프라이에는 사랑 가득한
어머니의 향내만 있는 줄 알았는데
양말 하나 치약 하나
모두에게 맞추느라
가슴 졸였을
어머니 한생이 가득이더라

까치집만 보면

까치는 나무 꼭대기에 세 없는 집을 지었고
아버지 어머니는 그 밑에 연 쌀 서너 말짜리
흙향기 짚내음 자욱한 보금자릴 틀었다

초가집 딸린 까치집을 내준 나무처럼
텃밭까지 딸린 집터를 내준 주인은
수십 년 간 세를 올리지 않으며
핏줄만큼 진한 정을 피어올렸다

까치는 세 없이 사는 게 미안했던지
간혹 반가운 소식을 먼저 전해 주었고
공짜를 못 견뎌하는 아버지 어머니는
종종 뒤꼍 나무 곁으로 싸라기를 뿌렸다

살기 마련이여 어떻게든
좋은 사람 곁에는
좋은 사람이 붙어 살기 마련이여

까치집만 보면 아른아른
오늘도 저 높푸른 곳의
까치집만 보면

봄나물

꼭 필요할 때 나타나 주는 이가 있다
구할 때 아낌없이 주는 이가 있다
겨우내 찌들어간 밥상 걱정
조마조마 털어내고
산으로 들로 나서기만 하면
있고 없음 따지지 않고
하늘 땅 눈치 볼것 없이
지천으로 퍼주던 사랑처럼
환한 미소로 앞치마
보자기 활짝 펼치던 어머니처럼

왕갈비탕 시켜놓고

막 손님 받기 시작한 이른 점심 식당에
곱게 나이 드신 노부부가 말없이
고운 모습으로 왕갈비탕 갈비를 뜯는다
그 모습 너무 고와
얼떨결에 나도 왕갈비탕

담백하니 좋구나 좋다 좋아
세상 좋으니 소갈빌 다 먹는구나
소처럼 일만 할 줄 알았지
생전에 이런 호사 누릴 줄이야
그땐 그랬지
암암 그랬지
생생히 들려오는 어머니 음성
그마저도 먼저 가신 아버지 생각에
제대로 호사처럼
즐기지도 못하셨던 어머니
아버지 따라 가신 지 오래

서로 바라보는 눈빛조차
고운 노부부의 한 끼 식사
곱디 고운 눈빛으로
함께 할 수 있음은
더할 나위없는 행복
내게는
꿈만 같은 축복

보리밥집

어머니가 그리울 땐 보리밥집을 찾습니다
끼니마다 올라오는 보리밥에
방귀만 나오고 꺼칠해서 맛이 없다며
우리도 쌀밥 좀 먹자는 어린 자식 투정에
솥 하나로 아래 위 쌀밥 보리밥
기막히게 안치는 수고로움 마다않으며
철없는 자식을 챙겨주시던 어머니
밥맛은 혀끝에 있는 게 아녀
어른이 되면 니도 그걸 알 거여
가슴에 새겨진 못 하나 선명할 때면
그 못 하나 보듬고 보리밥집을 찾습니다
보리밥집에 들어서면
모든 걸 품어주시던
어머니가 미소짓고 있습니다

아슬아슬

어디 하나 아슬하지 않은 자리는 없다
톡 건들면 화르륵 쏟아질 것 같은
별들의 자리도 아슬하고
까마득한 바위 절벽에 자리 잡아
긴 세월 버텨온 소나무 뿌리만큼
몇 세월 살아오면서
이 길 저 길 발자욱 남기며
외로움에 지쳐가는 우리들
한생의 자리도
더없이 아슬하다

아슬아슬 아슬하지 않은 자리는 없다
오늘도 바람은 불고
가지끝 잎새 몇 개 파란 하늘
아슬아슬 마지막 생을 수놓고 있다
호들갑 떨지 말라며
생의 자리는 누구나 그런 거라며
아슬아슬 아슬아슬
높은 음자리 휘파람 불고 있다

찔레꽃으로 핀다 해도

제국의 후예였으면 더 화려했을까
여왕의 나라에 태어났으면
해상과 대륙을 누볐으면
더 사랑 받는 장미가 되었을까

부러워 마라 아이야
없는 걸 탓하면
있는 것도
누릴 수 없으니

따가운 햇살 흙먼지 뒤집어쓴
찔레꽃으로 핀다 해도
어우렁더우렁 뿌리 내리는
질긴 생명력을 보아라

쳐내면 쳐낼수록 아래로 아래로
어디서건 하나가 되어 더욱
진한 향내 풍기는
해맑은 미소를 보아라

화성 커피 금성 찻집

언제나 손이 차서 겨울을 싫어하던 너는
한겨울에도 냉차만 찾는 내가
감기라도 걸릴까 봐 안쓰러워 했고

언제나 열이 많아 여름을 질색하던 나는
한여름에도 뜨거운 커피를 찾는 네가
에어컨 바람 피하는 걸 힘들어 했지

뜨거운 건 그렇게 떠난 이의 몫
차가운 건 이렇게 남은 이의 몫
탓할 이 없어라
이제라도 챙기니 다행

뜨거운 찻잔에 녹아드는 그리움
차가운 찻잔에 젖어드는 회한이여
탓할 힘 없어라
지금은 챙기는 게 힘

아픈 사람아 아플 때는

아픈 사람아 아플 때는
하늘이 내밀어 주는 손길을 보자
우러러야 할 것은 파란 하늘만이 아니다
하늘은 한 곳에 오래 머물지 못하는
사람의 마음을 알기에
파란 얼굴만으로 미소 짓지 않는다

하늘은 세상에
아프지 않은 사람 없다는 거 알기에
가끔가끔 세상과 부딪히는 사람의 몸에
시퍼런 멍으로 스며들기도 하고
파란 하늘만 하늘인 줄 알고
파란 하늘만 우러르는 사람에겐
시퍼런 멍으로 가슴을 물들여
세상 모든 것을 시퍼렇게 보게 만드는
파란 색안경을 씌운다

아픈 사람아 아플 때는
파란 하늘만 우러르는 색안경을 벗어
오래 바라봐야 다 보이는 하늘을 보자

하늘은 한 곳에 오래 머물지 못하는
사람의 마음을 알기에 때때로
먹구름 끌어안아 속시원한 눈물로
꽃을 피워 지상에 머물기도 하고
새까만 가슴마다 총총총 별빛을 새겨
희망의 손길을 내밀기도 하고
아침 저녁 붉은 노을로 단장해서
세상 골고루 누리게 하지 않더냐

아픈 사람아 아플 때는
오래 오래 살아가야 할 한생을 보자
세상에는 아프지 않은
사람 없다는 거 알기에
하늘도 가끔씩 시퍼런 가슴 달래며
속시원한 눈물로 피우는 꽃을 보자
새카만 하늘을 밝혀주는 별도 보자
세상 색다른 모습 골고루 누리라고
조석으로 펼쳐주는 노을도 보자
아픈 사람아 아플 때는
하늘이 내밀어 주는 따뜻한 손길을 보자

두통

쇄골과 가슴 사이를 꾹꾹 누르자
눈물이 양볼을 타고 주르르 흘렀습니다

스트레스가 엄청 뭉쳤군요
참지 마세요 너무 착해서
풀지 못하니 울화병을 불러
토할 듯이 머리가 아픈 거예요

의사의 한 마디 마디가
봇물을 터트렸습니다

착한 게 좋은 것만은 아니예요
적어도 내가 아프진 말아야죠
우세요 맘껏 우세요
울어서라도 풀어야죠

스트레스 받는 것도 억울한데
머리까지 아픈 것이 내탓이라니
어쩌란 말인가요
터진 봇물을
어이쿠 어이쿠야

2부

발밑을 챙겨보라고
작은 꽃 피었다

작은 꽃

발밑을 챙겨보라고 작은 꽃들 피었다
발바닥부터 웃어보라고 작은 꽃 피었다
언제나 가장 낮은 곳에서
나를 받치는 발바닥을 챙겨야
발바닥부터 웃어야
온세상이 웃는 것을 볼 수 있다고
예쁘고 예쁜 작은 꽃들 피었다

봄눈처럼

봄눈입니다
기쁨 주고 금방 갈 봄눈입니다
잠깐 머물다 가야 할 나도
기쁨 주다 가는
봄눈이고 싶습니다

봄꽃들

금방 스쳐가는 것들이 한둘인가
그러니 순간순간 소중히 챙겨야지
가는 것은 잡으려 말고
순간순간 인연 맺는 이들로부터
환하게 피어오르는
바로 이 순간의 행복을

내 마음 속의 그대

하늘이 아무리 넓어도
그대 품은 내 마음만 하겠는가
내 마음의 반만도 못한 하늘에는
온갖 것이 다 들어있지만
그 하늘보다 몇 배가 넓은 내 마음에는
온통 그대 하나뿐이니
내 마음 속의 그대여
어쩔거나
어디 갈 생각 말아라
내 마음을 떠나
그대 있을 곳 어디에도 없으니

수선화

사랑은 너만의 것이 아니다
슬픔도 너만의 것이 아니다

나는 오늘도 네 곁에서
사랑을 배운다
슬픔을 배운다

나르시스 나르시스
너만의 사랑은 병이다
너만의 슬픔은 약도 없다

가끔은 주변도 봐주렴
더러는 남들도 봐주렴

사랑은 너만의 것이 아니다
슬픔도 너만의 것이 아니다

노을

누군가에게 이름이라도 불리고 싶은
소박한 욕심 하나 품었다면
아침 저녁 노을에 물들어볼 일이다

그저 내려놓으면 된다
살며시 스며들면 된다

산사의 안개

산사의 안개가 속삭입니다
걱정 말라고
때가 되면 다 사라진다며

예예 그렇죠
알지만 모르겠기에 또 왔습니다
언제쯤 확실히 알 수 있을까요

고요한 처마밑 풍경이 반겨줍니다
물기 먹은 햇살이 보듬어줍니다
사라지는 것에 속지 말라고

참회록

멀리 보지 않게 하소서
바로 지금 한 호흡 보게 하소서
뒤돌아보지 않게 하소서
바로 지금 한 호흡 보게 하소서

참회합니다 참회합니다
지금부터 오롯이
바로 지금 한 호흡 보게 하소서

내려놓기

흉내라도 내다보면 닮아가겠죠
걸림없이 흐르는 구름이 유난히 눈부신
산사를 찾는 이유입니다
천년의 허공을 품고 있는 고탑에
간절히 두 손 모아
허리 숙이는 이유입니다

내려놓게 해주세요
이 독한 그리움의 무게를
오롯이 내려놓게 해주세요

장미향 피어오를 때

지독한 봄가뭄으로 애태우는
농부의 가슴에 목비는 오지 않고
먼지잼만 얼굴 비칠 때
진한 장미향이 피어올랐다

너도 보느냐
사랑도 때로는 눈치가 보이는 법
뜨거운 햇살에 고개 숙인 장미향

걱정 말고 잘 살어
가뭄은 농사꾼의 시상이여
니는 니 시상을 살아야 혀

평생을 봄가뭄과 싸우느라
장미향 한번 즐기지 못하셨던
그리운 어머니의 향기

너도 보느냐
사랑은 어머니처럼 베푸는 것
봄가뭄에 애타는 장미향
힘내자며 환한 웃음 피어올렸다

작은 연못

작은 연못 하나 품고 있어라
웬만한 바람쯤은 끄덕없고
얼굴 한번 비추면
가슴까지 그대로 드러내는
그런 친구 하나 품고 있어라

눈길

아무리 힘들어도 숨통은 열려 있지
세상은 그런 거야
이 겨울에 비단길을 펼쳐주셨네

설레는 걸 어쩌나
암암 마음 먹기
나름이지

조바심

조바심은 인과를 걷어차는 일이다
걱정 마라 뿌린 씨가
분명하면 열매는 반드시 맺는다

조바심이 날 때는 웃어라
걱정할 시간에 씨 뿌려라

날개짓

덩치가 작을수록 날개짓은 분주하다
부지런하기로 치면 하루살이가 최고다
벌과 참새는 쨉도 되지 않는다
날개짓의 부지런함으로만 보면
독수리는 맨 아래 겨우 턱걸이다

그렇다는 것이다
사람 움직이는 마음도
날개짓처럼
그럴 수 있다는 거다

힘들수록 독수리를 보자
큰 날개 펼치는
여유를 보자

사는 방법

누구나 타고난 방법이 있다
힘들수록 내 방식을
믿고 가만히 맡겨보라

사철 푸른 나무도
잎새 떨군 나무도
겨울을 나지 않더냐

그저 묵묵히 맡겨두고
나만의 방식대로
추위를 이겨내지 않더냐

새벽 다섯 시

가장 많이 꿈꾸기 시작하는 시간이란다
고로 꿈으로 시간을 버리지 않으려면
꿈으로 들기 전에 눈을 떠야 한단다
가장 알차게 하루를 쓰는 비결이란다
네 시면 좋지만 늦어도
다섯 시 전에는
새벽을 맞는 게 좋단다
그렇단다

믿는 이에게만 보이는
과학의 시간
새벽 다섯 시

겸상

홀로 먹는 날이 많은 사람은 알리라
마주 앉아 한 끼라도 함께 할
사람이 있다는 건 커다란 인연

홀로 챙겨야 하는 사람은 알리라
살아가는 일 중에 제일 큰일은
함께 하는 이의 고마움 챙기는 일

낮달

보고 싶었나 보다 달도
전부의 반을 떼어주고라도
환히 웃는 꽃이
보고 싶었나 보다
그래서 반달로
낮달로 나왔나 보다

꽃이라면
환장을 하고
꽃밭에 사는 너처럼

경계인

돌려서 말하면 못 알아듣고
배려해서 말하면 흘려듣고
직설적으로 말하면
화내는 사람

미련 두지 마라
상처 받지 마라
같이 할 사람 아니다
오래 할 사람 아니다

봄, 봄

이 길이 아니었나 보다
한참 달리다가 너무 지쳐서
잠시 멈춰 선 길에서
나는 그만 길을 잃었다

앞으로 가는 길이 아무리 험해도
뒤로 돌아가는 길이
없다는 걸 알기에
그리움마저
꽁꽁 감쌌던 세월

봄, 봄
화두처럼 습관처럼
봄, 봄
바로 지금 그리움마저
보고 또 봄, 봄

쑥개떡

흔한 것이 귀한 것이여
흔한 걸 귀하게 여길 줄 알아야
귀한 사람도
흔하게 챙길 수 있는 거여

어머니, 산에 들에
쑥은 더욱 지천인데
챙길 줄 아는 사람
몇 남지 않았습니다

사람도 지천이건만
챙길 줄 아는 사람
쑥개떡만
못한 것처럼

3부

주는 이 있을 때
고마운 줄 모르고

산다는 걸 어떻게

들어온 문 찾지 못해
갇히는 신세 되었네
어쩔 거나
제비 세 마리

나갈 곳 아무리 알려줘도
나갈 길 없는
높은 천장만 날아다니며
제 버릇대로 요리조리
여기 찍 저기 찍
배설만 해대니 스스로
제 명만 재촉할 뿐

산다는 걸 어떻게
버릇대로만 하려나
제 식대로만 하려나

내 가슴에 새겨진 꽃 한 송이

습관으로 만들기 위해 입꼬리도 올려보고
그냥 저절로 웃는 얼굴 될 때까지 해보자며
수시로 눈웃음을 쳐봐도
뜻대로 되지 않아 힘들어 할 때
뭘 그리 애쓰냐며 그냥
우리 고운 사랑 가슴에 새겨보라며
환하게 웃어주던 그대
목련 진달래 개나리보다 더 선명히
내 가슴에 새겨진 꽃 한 송이
힘들 때일수록 더 곱고 진하게
피어오르는 꽃 한 송이
그대

들국화 향기에 취해

매일매일 달리기만 하던 길
그래그래 이렇게 잡아주는
너라도 없으면
나 어찌 살 수 있겠니?

오늘은 좀 쉬었다 가련다
바람이 공기가 차면 찰수록
더욱 짠한 그리움에
내 살짝 좀
취했다 가련다

좋아하며 물들고

목련이 돌아왔다
많은 이들이 좋아한다
목련 닮은 사람아
너도 그 중에 하나라는 걸 안다

좋아하며 물들고
물들며 닮아가고
나도 그렇게
너도 그렇게

내가 사는 곳

언젠가 이 세상에 없을 나인 줄 알기에
이 세상에 있을 동안 행복하자고
내가 사는 곳을 돌아 봅니다

내가 사는 곳은 어디인가요
우주의 한 별 지구인가요
아니오 아니오
내가 사는 곳은
내 생의 전부인 당신
바로 당신의 사랑입니다

당신이 사는 곳은 어디인가요
살 만하신가요
내가 사는 곳은
당신의 사랑입니다

겨울 햇살

따스히 웃어주는 뜻을 알겠다
그래 그래
나도 웃으며 살련다
추울수록 더더욱
따스히 웃어주며 살련다

나를 위한 시

무슨 선택을 하든 책임은 너의 것
어떤 결과든 기꺼이 받아들일 것
설사 목숨을 내놓더라도
주인공으로 끝까지 미소 지을 것

밀당

안개는 다가설수록 가슴을 열어주건만
그대는 어찌하여
다가설수록 베일 뒤로 숨는가
이 한치 앞도 못 보는 사람아

숙제

주는 이 있을 때 고마운 줄 모르고
떠나니 그리운 건 그렇다 쳐도
주는 이 있을 때 싫어하고 미워하며
그토록 질색을 했는데도
막상 떠나고 나니
그립고 아쉬운 건
숙제만한 것도 없으리라

이제는 주는 것도 내가 주고
받는 것도 내가 받아야 할 때
새벽마다 붉게 타는 동녘에
너의 뜻을 묻는다

지금 잘 하고 있는 거냐고
지금 잘 살고 있는 거냐고

꽃은 가리지 않는다

꽃은 가리지 않는다
자기보다 날씬하고 더 예뻐도
뚱뚱하고 땅딸보에 곰보여도
파산자 빚쟁이라도 가리지 않는다
가지를 꺾어가는 욕심쟁이도
꽃잎을 밟아대는 심술쟁이도
좋다 좋아 다 좋다
가리지 않고 모두 다 내준다

꽃은 가리지 않는다
좋다 좋아 다 좋다
그저 고운
미소 지을 뿐

꽃다지

오늘도 가슴 깊이 멍울진 곳에
꽃다지 피었다
그리움아
비석에 새겨진 것은 풍상이 지운다지만
이 가슴에 새겨진 것은
무엇이 지운다냐

무덤가 무더기무더기
샛노란 봄햇살
그리움 깊이 새겨진 가슴에
꽃다지 피었다

존재의 이유

애써 길을 찾아 길인 길만 걷기를 원했지만
간혹 길이 아닌 줄 알고 걸었던 길도 많고
길인 줄 알면서도 걷지 못했던 길도 많고
길인 줄 알고 들어선 길 아닌 길에서
길길이 날뛰며 헤맸던 길도 많고
그저 길은 하늘의 뜻이라며
모든 것 내려놓고 들어섰던 길도 많기에
향내 그윽한 찻잔 한 잔 앞에 두고
지금 걷는 이 길이 그토록 애써 찾아
걷기를 원하는 길인 길이기를
존재의 이유에 부쳐 곱게 새겨봅니다

당신은 무엇으로 존재하나요?
저는 당신 향한 길인
길에 들어서는 것으로 존재합니다

빈 가지처럼

빈 가지가 아름다울 때가 있다
때가 되면 비울 줄도 알아야 한다

이제 나도 빈 가지처럼

배신

그도 아프리라
깨진 것은 신의가 아니라
하늘이기에
평생 이고 살아야 할
삶의 무게이기에
나만큼 그도 아프리라

한때나마 가슴을
열었던 사람이라면

사랑

주는 이와 받는 이의
하나로 통하는 마음보다
더 빛나는 별이
세상에
또 어디 있을까요?

살포시 받아주세요
당신과 함께
빛나고 싶어요
아시죠?
당신이 곧 나란 걸

미움

세상에 하나였기에 망정이지
둘이기라도 했으면 못 살리라
이 지독한 사랑이여

사랑이 아니면 숨쉬지도 못 했으리라
사랑이 아니면 싹트지도 못 했으리라
죽어도 죽지 못할 사랑이여
빗나간 사랑이여

늦게 핀 꽃

4월도 중순으로 넘어가는 오후
아파트 응달에 핀 백목련
활짝 반긴다

늦어도 한참 늦은 친구다
젊은 날
고생 꽤나 하던
친구 닮아 더욱 반갑다

버텨낸 미소가 푸근하다
오래 지켜낸
자리가 눈부시다

옛사랑

그립기는 하지만 다시 돌아가라면
그럴 수도 그럴 리도 없지만
한시라도 보지 못하면 터질 것 같았던
내 청춘 옛사랑 내 전부였던 그 시절
아니요 아니요 차라리 애틋함으로
화석을 만들지언정 다시 돌아가라면
아니요 아니요
잘 가라 옛사랑
차마 고백도 못하고
꺼이꺼이 술잔에 가난을 적시며
잘 살아라 잘 살아라 쥐어뜯던
청춘은 끝끝내 몰라도 좋아라
보고프긴 하지만 다시 돌아가라면
영영 놓치지 않을 자신 있지만
그럴 수도 그럴 리도 없기에
어디서든 언제든 오롯이
잘 살겠지 잘 지내겠지
안녕 안녕 잘 가라 옛사랑

사랑하는 것은

사랑하는 것은 주는 것만이 아니라
잘 받는 것에도 많이 있음을
언제나 분명히 새기게 하소서

사람은 나에게 잘 해준 사람보다
내가 조금이라도 베풀어준 사람에게
더 큰 호감을 갖게 된다는
따라서 누군가의 사랑을 얻으려면
때로는 누군가가 주는 것을
잘 받는 자세도 필요하다는
프랭클린 효과를
사랑하는 것은 주는 것만이 아니라
잘 받는 것에도 많이 있음을
언제나 분명히 새기게 하소서

아침마다 반겨주는 햇살의 사랑을
지천으로 웃어주는 꽃들의 사랑을
아니아니 천둥 번개라도
비가 오면 비 오는 대로
눈이 오면 눈 오는 대로
달콤한 소리만큼
거슬리고 못을 박는 소리라도
사랑하는 것은 주는 것만이 아니라
잘 받는 것에도 많이 있음을
무시로 선명히 새기게 하소서

유아독존, 빛날 수 있음은

홍매화 십여 그루 반갑게 맞아줍니다
외진 신생 체육공원 구석에서 나란히
화알짝 꽃천지 펼쳐놓고

어쩌다 운동하러 온 사람들
꽃복숭아 닮았다며
시큰둥 스쳐가는데

지난 봄 전남 구례 화엄사 각황전 옆
사백오십여 년 유아독존으로 빛나며
뭇 중생 번뇌를 활짝 풀어주시던
고고한 홍매화 한 그루
그 모습 잊지 못해
보고 또 봐도
홍매화가 분명합니다

이 중에 얼마나 유아독존
사백여 년 빛날 수 있을까요
자리가 중요한 거죠
그렇죠 암요
자리가 중요한 거죠

가을강

울 때는 울더라도
지금은 아니라고

다지고 다질 때면
가을강이 흐른다

촉촉히
영글어가는
그리움이 흐른다

어쩌하냐 네게도
내가 내가 흐르더냐

영그는 모든 것은
다 지기 마련인데

옹골진
이 그리움은
왜 질 줄을 모르는가

풍경

바람이 불 때는 울고 싶어라
종일 날 잡아 울고 싶어라

풍경소리가 아름다운 건
바람만 불면 울어서
훌훌 털어낸 덕분

풍경이 맑은 소리 내는 건
바람만 불면 온몸으로 울어서
싹싹 비어낸 덕분

바람이 불 때는 울고 싶어라
풍경 아래 종일 울고 싶어라

코스모스처럼

외로움도 생글생글
그리움도 방긋방긋

팬데믹 거리두기
힘들수록 더욱 더

입꼬리
살짝 올리고
눈웃음도 수시로

폭염에 시달리고
늦장마에 찢겼어도

까짓거 대수던가
끄떡없이 어울더울

화알짝
햇살 펼치는
그들처럼 우리도

노을 잎새

생은 물들어가는 것이다
울지 마라 그대여
물드는 것은 그리움만이 아니다

생은 저물어가는 것이다
울지 마라 그대여
저무는 것은 사랑만이 아니다

울지 마라 그대여
슬픔도 물들면 단풍이다
그리움도 저물면 노을이다

생은
곱게 물들어가는 잎새다
곱게 저물어가는 노을이다

봄이 오듯이

너도 누군가의 봄이다

기다리는 이의 애는 태우지 마라

때가 되면 잊지 않듯이

봄이 그러하듯이

기다리는 이의

마음을 헤아리듯이

동트는 곳으로

산다는 것은 오늘을 챙겨가는 일이다
챙길 것이 너무 많아 숨이 가쁠 때나
챙긴 것 하나 없어 주저앉고 싶을 때는
몸이 힘들면 마음만이라도
애써 챙겨 일찍 일어나
오늘을 여는
동트는 곳으로 가보자

그리고 가만히 챙겨보자
애쓰지 않아도 가득 차오르는 환희를
애써 챙기려는 사랑과 행복조차
기를 쓰고 떨치려는 슬픔과 미움조차
사르르 녹여주는 삶의 희열을
희열에 물드는 하루의 시작을
숨 한번 멈추면 그만인
모든 것들을 가만히 챙겨보자

산다는 것은 오늘을 챙겨가는 일이다
어제도 내일도 모두 다
오늘이 아니면 누릴 수 없는 것들
몸이 힘들면 마음만이라도
애써 챙겨 일찍 일어나
내일을 밝히는
동트는 곳으로 가보자

낙엽이 뒹구는 골목길에서

이제 울 일이 없을 거다
울 시간에 시 하나 더 줍지

바람 탓할 일 없을 거다
탓할 시간에
그리움 하나 더 챙기지

외로움에 무너질 일 없을 거다
외로울 시간에 시 하나 더 굽지

4부

없다고 보면 없지만
있다고 보면 있다는 것

꽃잎 하나

탓이라도 해서 위안이 된다면
차라리 너를 말고 봄비를 탓하라
너는 네가 지켜야 할
너의 전부
봄비에 새긴 상처
후루룩
한철이면 그만이지만
네 가슴에 새긴 상처
너 아니면 지울 이 없으니

봄날은 가도 생은 길다
너를 사랑하라

봄은 우리 곁에

곁에 있어도 멀리 있는 게 있고
멀리 있어도 곁에 있는 게 있다

항상 하고 싶다면
곁에만 두려고 하지 마라

겨울도 봄인 사람이 있고
봄도 겨울인 사람이 있다

독버섯

번지르르 할수록 보기만 하라
혹할수록 그러려니 하라
저들도 다 살기 위해 저러는 게다

세상 그리 만만치 않다

편한 사이라면

뒤에서 들려오는 이야기가
앞에서 나누는
소리와 같아야 한다

모를 거라 착각하지 마라
저절로 드러난다
편한 사이는
앞에서 나누는 이야기와
뒤에서 들리는
소리가 같아야 한다

하루살이

내일이 없다니 슬퍼요
그런데 그거 알아요
내일이 없는 하루살이보다
더 슬픈 건
오늘이 없이 사는 거예요

해

해는 날마다 나들이다
새벽마다 들떠 천지를 깨운다

종일토록 같은 길을 거닐며
매일매일 맡겨진 일 따라
똑같은 빛을 뿌려야 하지만
해는 일마저 나들이 삼으니
피곤할 틈이 없다

즐겁지 않을 새가 없다
그러고도 힘이 넘쳐
저녁마다 서산을 물들인다

내게 가장 소중한 것

당연히 스며드는 것에 속지 마라
떠난 후 돌아보니 늦었더라
영원할 것 같았던 사랑
당연한 줄 알고 바라기만 하다가

내게 가장 소중한 것은
지금 나와 함께 하는 사람
당연한 듯 너무나 당연한 듯
소중한 줄조차 모르는 사람

당연히 젖어드는 것에 속지 마라
주는 만큼 바라다 보니 아프더라
확실할 것 같았던 계산법
당연한 줄 알고 똑똑한 척하다가

내게 가장 소중한 것은
지금 나와 함께 하는 사람
계산이야 틀려도
계산법을 잊고
당연히 함께 하는 사람

사랑한다는 것은

사랑하는 이가 생겼습니까?
환하게 웃어주니 좋네요
그냥저냥 좋아 보이니 좋네요
어떻게 아냐고요?
곁에만 있어도 좋은 향기가
이렇게 진한 데 모를 수 있나요

사랑한다는 것은 그런 거지요
애써 땀 흘려 단련하지 않아도
세상 좋은 건 다 저절로
아주 쉽게 자기 걸로 만들고
주변까지 좋게 물들이고 있으니
어떻게 모를 수가 있나요

사랑한다는 것은 그런 거지요
좋아 너무 좋아
혼자만 가질 수 없어
모두에게 저절로 나눠주는
사랑한다는 것은 그런 거지요

철부지 하늘

이 철부지 하늘을 보게
무에 그리 불만이 많은지
펑펑 쏟아부어 물난리를 펼치더니
지가 무슨 짓을 했는지도 모르고
언제 그랬냐는 듯이
해맑은 얼굴로 햇살을 펼치네

어쩔거나
평생을 끌어안고 살아야 할
철부지 하늘
어디로 튈지 모르는
어린 자식 끌어안듯
어루고 달래며 살아야지

바람을 즐기는 갈대를 보라

바람이 셀수록 눈부신 갈대를 보라
흔들흔들 부딪히는 바람을
제 뜻대로 즐기는 갈대를 보라

너는 지금 무엇에 가장 흔들리느냐
너는 지금 무엇을 괴로워 하느냐

바람을 즐기는 갈대를 보라
가장 흔들어 대는
바람을 즐기는 갈대를 보라

복하천에서

해보다 부지런한 청둥오리가 점령한
물 아래는 날마다 새벽부터 전쟁이다
겨우 살아남아 몸집 불린
잉어의 자맥질이 위태롭다
무더기로 뿌리 내린 갈대는
지난 생 정리하지 못한 것들이
움트는 새싹의 봄날을 짓누르며
생의 깨끗한 정리의 중요성을 일깨운다
조금만 다가서도 후루룩
사람의 눈치를 보며 도망쳐야 하는
청둥오리 떼들의 생애가 처절하다

산다는 것이
위태롭지 않은 삶이
처절하지 않은 삶이
어디 있으랴

다행이다 사람이어서
내 삶의 주인으로
살 수 있어서 행운이다

구월의 노래

받아들이는 법을 배우라 한다 구월은
세상에 나왔다고 모두 다
여물어야 하는 것만은 아니라며
여무는 것과 여물지 못한 것들을
지천으로 펼쳐놓고
여문 것만 빛나는 게 아니라
여물지 못한 것들도 세상에
충분히 눈부실 수 있음을 보여주며
받아들이는 법을 배우라 한다

빨리 여문 곡식과 향내 진한 과일은
새와 벌레 먼저 불러 그들의 일부가 되고
사람의 손길을 많이 탄 것들은
그들의 노고에 일용할 양식이 되고
더러는 뜨거운 햇살 모진 곳에서
열매도 맺지 못한 채
타들어가는 꽃잎은 이것도
내가 세상에 나온 뜻이라며
구월의 들녘 곳곳에서 빛나고 있다

가을숲

산다는 것은 어울리는 일이다
사는 것이 의심스러울 때는
가을숲에 들어보자

뻗어야 하는 덩굴은 옆으로 옆으로
솟아야 하는 줄기는 위로 위로
홀로일 땐 그 길이 편한 길이지만
더러는 큰 줄기와 어울려 위로 위로
솟아야 하는 질긴 덩굴도 있고
거대한 덩굴과 어울려 옆으로 옆으로
퍼져야 하는 악착스런 줄기도 있듯이
산다는 것은
질기고 악착스레
어울리는
길을 찾는 일이다

사는 것이 의심스러울 때는
가을숲에 들어보자

서리꽃

꽃이 별건가 꽃으로 보면 다 꽃이지
꽃으로 부르면 다 꽃세상이지

새벽길 나서는 서리발 같은 한겨울
오돌오돌 떨고 있는 찬 입김
미처 들이쉬기도 전에
아, 눈부신
봐라 봐라 저 찬 서리
꽃으로 보니 예쁘지 않는가
꽃으로 부르니 힘솟지 않는가

아무리 추워봐라 세상아
아무리 에이어 봐라
꽃이 별건가
꽃으로 보면 다 꽃이지
꽃으로 부르면 다 꽃세상이지

숲비

좋아하는 마음이 좋은 것을 만들고
좋아하는 것에 좋아하는 것을 보태면
하나 더하기 하나가 아니라
무한 곱이 된다고 하더라

숲도 좋고 비도 좋아
숲비에 들고 보니 보태기가
무한 곱이 되는
그 비밀을 알겠더라

너도 알리라
너도 좋고 나도 좋으면
하나 더하기 하나가 아니라
무한 곱의 좋은 세상이 된다는 것을

숲비에 들자 우리
언제나 좋아하는 마음 하나로
무한 곱의 좋은 세상을 누리는
우리 사랑 오롯이
숲비에 들자 우리

징검다리

우연이 너무 많으면 실패한 소설이라는
사건의 건너뛰기를 너무 하지 말라는
소설작법은 우리 생의 큰 위안이더라
소설은 인생의 미완
길 없다고 울지 말자 사랑아
인생의 절반은 건너뛰기
인생의 절반은 징검다리더라
봐라 봐라 우연히 만난
징검다리 놓은 사람들의 마음을

어디에나 우연히 다가서는 사람 있고
어디에나 우연히 뒤에 올 사람 위해
길 닦는 사람 있더라
요기 바람 참방
조기 햇살 살랑
우연히 판 벌려주는 무지개
혼자라고 울지 말자 사랑아
인생의 절반은 건너뛰기
인생의 절반은 징검다리더라

겨울 텃새

겨울 텃새가 모이는 곳엔
칠팔십 평생을 흙과 더불어 사시다
태를 묻은 곳에 몸까지 묻으신
아버지 어머니처럼
진득하게 한 자리 지키며
나락 한 알 싸라기 한 톨
나눌 줄 아는 사람의 향기가 난다

겨울 텃새가 좋아라 하는 곳엔
진득해서 좋은 사람의 향기가 난다
추울수록 더욱 진한 향기가 그윽하다

해는 외로울 틈이 없다

그리울수록 주인이 되자
외로울수록 골고루 주자

그리울 새가 없는
외로울 틈이 없는 해는
커다란 나무에게도
작은 돌멩이에게도
꽃에게도
외로운 사람에게도
햇살은 골고루
주고
또 준다

해는 그리울 틈이 없다
홀로여도 외롭지 않다

첫눈이 오기 전에

긴 겨울 들기 전에 저절로라도
입꼬리부터 올려보라고 첫눈 소식 들린다
그렇게 입꼬리부터 올리며
마음 단단히 잡아 웃는 습관 하나
확실히 들여놓으라고 첫눈 소식 들린다
힘들수록 저절로 웃는 습관 하나가
제일로 큰 재산이라며 첫눈 소식 들린다

하천에서

높으면 높은 대로
낮으면 낮은 대로
모두 다 좋은 대로
그래 우리 다 처한 대로
물처럼 끊기지만 말고

수많은 샘이 도랑을 이룬다
수많은 도랑이 하천을 이룬다
수많은 하천이 강을 이룬다
수많은 강이 하나의 바다를 이룬다

그래 그래
우리 이렇게 좋은 대로
물처럼 서로 놓치지만 말고

차 한잔

말에는 말에만 뜻이 있는 게 아니라
행간과 문맥에
더 큰 뜻이 있다는 걸
아는 사람끼리
어울릴 수 있는 건 행복이다

차 한잔 하지?
차 한잔 어때?

모르는 이에겐 그간 몇 천 원
혹은 밥 한끼보다 비싼 돈이지만
아는 사람은 알리라
행간과 문맥으로 통하는
사람이 있다는 건
무엇으로도 살 수 없는
삶의 소중한 가치

어때?
오늘 차 한잔

오늘처럼 장마비가 내리면

그리움에 젖어드는 건 비 때문이 아니라
때도 없이 너를 품고 있기 때문이라는

오늘처럼 장마비가 내리면
창밖에 맺히는 얼굴 하나 있기에
하늘처럼 울고 싶어도
커피향에 스며드는 그리움쯤이야
아무렇지 않은 듯이 떨굴 수 있음은

그런 거야 삶이란 그런 거야
때로는 울고 싶어도
일부러라도 입꼬리 한번 올리며
창문에 어른거리는 눈망울에
촉촉한 눈부처 새길 수 있음은
그런 거야 삶이란
그렇게 그리움에 젖어드는 거야

그리움도 휴가 중이라면

사람들이 숲을 찾는 이유는
숲에서만 살 수 없기 때문이다
숲이 그렇게 좋기만 하다면
사람들이 어떻게 더 오래
숲 밖에서 살아가고 있겠는가

마찬가지로 그대여
그대가 늘 그리운 이유는
그대에서만 살 수 없기 때문이다
그렇지 않다면 어떻게 더 오래
그대 밖에서 이러이 살아 있겠는가

그래서 말인데 그대여
그리움도 한번쯤
휴가 중이라면 어떻겠니
숲 밖의 삶을 치유해주는 숲처럼
그대 밖의 삶을
치유받고 싶어라 그대에게

그리움도 한번쯤 휴가 중으로
사무치는 그대 밖의 삶을
그대 품에서
오롯이 치유받고 싶어라
그래야 살아갈 수 있겠기에
그래야 또 오래 그대 밖의 삶을
숨쉴 수 있겠기에

내 마음 속에 그 무엇 하나

별이 하늘에만 있는 것이 아니라는 것을
나이 먹기 전에 알았다면 챙길 수 있었을까

내 마음 속에 새겨진 그 무엇 하나
다지고 다져지더니 단단한 별이 되었다

하늘의 별이 빛나는 건 뜨거운 해를 가려
캄캄한 어둠을 만드는 지구의 배려

내 마음 속에 빛나는 별은 쉬엄쉬엄
살다 가라는 그대의 배려일런가

나이 먹기 전에 알았으면 더 잘 챙겼을까
단단히 새겨지는 별이 하나둘 미소 짓는다

코스모스 연가

바람이 부는 곳엔 늘 그대가 있었다
쓰러질 듯 무너질 듯 할 때마다
걱정 말라고 세상은
꼭 어떻게 살아야 한다는
하나의 정답만이 있는 게 아니라며
쓰러진 건 쓰러진 대로
무너진 건 무너진 대로
한생을 꾸리는 곁가지로
발길이 닿는 곳이면 어디서라도
가을 햇살을 물들여가는
바람이 부는 곳엔
어김없이 그대가 있었다

흔들리는 곳엔 늘 그리움이 출렁였다
애써 털어내지 않으리 그대여
그것이 설령 폭풍우에 꺾일지라도
꺾이면 꺾인 대로 다시
흔들리는 곳에는
어김없이 그대가 있었다

쉰일곱

이제 누군가의 텃밭이 되어야 한다
나도 이제 충분히 그럴 때가 되었다
누군가의 가장 가까운 곁에서
수시로 찾을 때마다
부족한 대로 아쉬운 대로
꼭 필요한 만큼은 채워주는
나도 이제
그런 텃밭이 될 때가 되었다

5부

살아있는 모든 것은
다 뜻이 있다는 위안으로

섬

나는 언제나 작은 섬이었다
그것도 물이 밀려가야
잠시라도 찾아주는
사람들 반가워
짧은 만남이라도 어쩔 줄 몰라
모든 속내 드러냈다가
다시 밀려오는 물에
목구멍까지 몸을 숨기고
겨우겨우 부끄러움 달래는
아주 작은 하나의 섬이었다

섬을 찾는 사람은 다 섬이더라
홀로만 섬인 줄 알았을 땐
밀려오는 물길에 숨 차는 대로
목 내밀어 하늘 보고
밀려가는 물길 따라
아랫도리 시린 알몸에
갈매기 소리 새기며
외로움에 떨었지만
그도 저도
다 섬인 줄 알고 보니
하늘도 바다도 개펄 조개껍질도
모두 다 섬 아닌 것이 없더라

두레상

하늘에 달무리 떴다
지상에는 두레상무리

한여름 앞마당 멍석 위
일곱 식구 두레상 시샘하듯
밤하늘은 간간히 별똥을 싸고
지상의 아버진 달무리
부럽지 않다는 듯
연신 모깃불 피어올리고

두레상 챙기느라 땀범벅인
어머니의 수건질 미소에
올망졸망 둘러앉은 오남매
차린 것 없어도 마냥 행복한
지상의 두레상무리
함빡웃음으로 채우고

하늘에 달무리 떴다
지상에는 두레상무리

울고 싶은 날

친구 어머니가 돌아가셨다
먼저 돌아가신 어머니 생각에
담담히 받아들일 수 있어 다행이다

나도 언젠가 돌아가리라
누구나 품어야 하는
생의 이별

길가에 새하얀 이팝꽃
향내 진한 아카시아
그냥 목놓아 울고 싶은 날

친구야 괜찮은 거지
그럼 그럼 그래야지
목 놓아 울고 싶은 날

내가 원하는 세상은

아름다워라 내가 원하는 세상은
길가에 납작 엎드린 민들레를 만나
악착스레 아스팔트 틈새에서
미소 짓는 이웃의 소식을 나누며
누구나 다 그렇게 사는 거라고
잠시나마 자세 낮춰
고요히 눈빛 주고 받을 수 있음에

든든하여라 내가 원하는 세상은
낭낭하게 재잘거리는 산새를 만나
악다구니 하늘과 땅 사이에서
노래하는 이웃의 숨결을 나누며
너도 살아있냐 나도 살아있다
모처럼 고개 들어
살며시 귀 기울임 나눌 수 있음에

포근하여라 내가 원하는 세상은
창가에 살포시 다가오는 햇살을 만나
오늘도 그늘진 반대편 구석에서
기다림을 품은 이웃의 소망을 전하며
누구나 다 때가 있는 거라고
수시로 눈을 맞추며
희망의 하루를 이어갈 수 있음에

어머니 밥상

천만금을 준다면 고민할 수 있으려나
억만금을 준다면 바꿀 수 있으려나
받기만 하면서 자식이라는 특권으로
마음에 안 드는 것만 찾아
어머니 가슴에 상처로 박히는 말만
톡톡 쏘아붙였던
나는 못하리라

밥이 보약이다 밥이 보약이다
힘든 농사일 마치고 와서도
초가집 허름한 부엌에 쪼그려
없는 살림에 아린 가슴 달래며
어떻게든 자식 입맛 맞추려고
철음식 정성스레 챙겨주신 사랑

끼니마다 어머니더라
어머니가 밥이더라
나이를 먹을수록 아려오는
밥 먹듯이 살아오는
혀끝은 속여도 가슴은
속일 수 없는 원초적 사랑
어머니 밥상

할미꽃

다녀갑니다 어머니
자주 찾아 뵙지 못해 죄송합니다

멀리 있는 자식보다 더 깊이 정든 할미꽃
올해도 어머니 무덤 곁에 함께 하면서
모처럼 찾은 자식 반갑게 맞으며
어찌 사냐고
어머니는 허구헌 날
동구밖만 바라보는데
왜 이리 발길이 뜸하냐며
생전에 이웃 아주머니처럼
무심한 자식을 책망하고 있네요

다녀갑니다 어머니
종종 찾아 뵙지 못해 죄송합니다

감

어머니께서 또 오셨습니다
시리게 푸른 하늘에 또렷이
아주 선명히 진한 그리움으로
돌아오지 못할 먼 길 떠나신 후로
해마다 가을이면
꼭 요렇게 오십니다

좋다 좋아
기억을 잃으신 후론
그저 좋다 좋아만
되뇌시더니

골목길 파란 하늘에 더러는
시장통 무더기 무더기
해마다 가을이면
꼭 요렇게 오십니다
좋다 좋아
좋다 좋아

코스모스 연분

꽃이라고 심었으면 가꿔야지 이게 뭐여
어머니 앞마당에 심어놓은 코스모스
살뜰히 조선낫으로 도려 놓은 아버지

에휴 내가 못 살아 멋대가리 하고는
그래 그렇게 도려 놓으니 속이 시원허슈
한평생 볶으며 사신 어머니 또 오셨네

병

어차피 죽기 전엔 내가 이길 싸움이다
지금까지 수백 번 싸워 진 적이 없고
지금 이 순간도 내가 살아있는 한
질 수 없는 싸움이다
하지만 나는 안다 언젠가
단 한번은 내가 질 싸움이란 걸

단 한 번 네가 나를 이기는 날
깨끗한 패배를 인정하기 위해
나는 지금 너에게 사랑을 주마

아파한다고 물러날 네가 아니기에
쓰러진다고 자비를 줄 네가 아니기에
지금 당장 확실히 너를 이기는
피할 수 없을 땐 즐기는 사랑을 주마
어차피 죽기 전엔
내가 이길 싸움이기에

메주

사람 사는 세상에는 어디에나
한겨울 메주 같은 사람이 꼭 있다
찬 서리 바람 비 눈발 모두 다
제 것으로 받아들여 묵히고 묵히다
꼭 필요한 때가 되면
기꺼이 제 모습 망가뜨려
간장 된장의 재료로 스며드는
하여 제 모습 한 번
내세우지 않는
메주 같은 사람 꼭 있다
속지 마라 진짜는
한겨울 메주처럼 내 곁에 있다

애비의 무게

애비의 가슴에는 철근이 백만 근이고
애비의 등에는 콘크리트 자갈이
천만 근이지만 그보다 더한 것은
애비의 한생엔 자식이 억만 근이다
애비는 그 억만 근 자식을 위해
백천만 근 철근 콘크리트 감수하며
기꺼이 하늘 아래 보금자리 가꾼다

하늘이 무너지는 건 견딜 수 있겠지만
그 아래 자식이 무너지는 건
애비의 구곡간장 녹이는 천형이다
아버지의 원수는 죽여서라도
갚는 게 천명이지만
자식의 원수는 죽여서
갚는다 해도 눈 못 감는 게
하늘 아래 숨쉬는 애비의 무게다

함부로 건들지 마라
애비의 무게를
벌레 한 마리 못 죽이는 사내도
애비의 무게를 짊어지면
호랑이 앞에 서도 물러서지 않는
포수가 되고 용사가 된다
애비의 무게는 하늘이 무너진다 해도
기꺼이 그 아래 자식을 보듬는
든든한 기둥의 골격이 된다

아버지 말씀

울지 마라 울다 보면 울 일만 생긴다
울지 마라 울면 울 일만 불러온다
마음은 언제나 그대론데
몸이 하루 다르게 삐걱일 때면
문득문득 살아오는 아버지 말씀

울지 마라 사람 목숨 쉽지 않다
기를 써도 죽을 사람은 파리 목숨
살 사람은 어떻게든 질긴 목숨
울지 마라 울다 보면 울 일만 불러온다

열여섯에 끌려갔던 일제 징병 탄광 생활
스물일곱 막바지 백마고지 전투에서
전우들 죽어갈 때 왼무릎을 스친 총알에
겨우 살아남았다는 이야기를 녹음기처럼
술기운에 젖을 때마다 소환하시던
딱 지금 내 나이쯤의 아버지 말씀

울지 마라 울다 보면 울 일만 생긴다
울지 마라 울면 울 일만 불러온다
마음은 언제나 그대론데
몸이 하루 다르게 삐걱일 때면
문득문득 살아오는 아버지 말씀

새벽 안개

새벽이 오자 어둠은 가고 안개는 남았다
아침 해는 안개 속에서 빛을 잃었고
어둠 속에서 밤을 지샌 그리움은
희미한 몽환으로 젖어드는데
세상은 아무렇지 않게 또 하루를 펼친다

어쩌면 우리의 삶이 이런 건지 몰라
잃는 것이 있어야 얻는 것이 있고
매순간 얻는 자리를 챙겨야
희미한 그리움이라도
너를 버티는
힘을 얻는 건지 몰라

안개는 가도 그리움은 남으리라
그대는 가고 나는 남은 것처럼
안개 속에 젖었던 그리움은
기약없는 세월 속으로 스며들면서
세상은 또 그렇게 하루를 펼치리라

어쩌면 그리움이 이런 건지 몰라
전부를 걸어야 챙길 수 있고
잃는 것을 받아들여야
너를 버티는
조그만 힘이라도
얻는 건지 몰라

하루

아무리 좋은 것을 알아도
아는 것을 아는 것만으로 썩히지 않고
하루를 채워가는 것은
누구나 할 수 있는 일이지만
아무나 할 수 있는 일도 아니다

너도 알지 않느냐
잠자리에서 눈을 뜰 때 살며시 웃고
챙기지 않으면 놓칠새라 햇살 보고 웃고
간혹 비 바람 눈과 더불어 웃고
심심할새라 수시로 입꼬리 챙기며 웃고
실없는 사람 소리 들을새라
아무도 없는 화장실에서 힘 쓰며 웃고
웃고 또 웃고
한눈 팔면 순식간에 달려드는
미간의 팔자주름 살살 문지르며 웃고

잠자리 누워
내일도 무사히 웃으며 일어나
하루를 또 웃을 수 있기를 생각하며 웃고
웃고 또 웃는 것이
좋다는 것은
너도 알지 않느냐

아는 것을 아는 것만으로 썩히지 않고
하루를 채우는 일은
아무나 할 수 없는 일이지만
누구라도 할 수 있는 일이다

가을비 내리는 밤에

잊을새라 새겨주는 소리가 있으니 좋다
가야 한다면 너무 오래 아파하지 말고
작별인사는 짧을수록 좋다며
잡은 것 놓지 못하고 떠는 잎새들
한꺼번에 후루룩 몰아서 보내는
가을비 내리는 밤에
너도 언젠가는 가기 마련이라며
절절히 새겨주는 계절의 소리

잊지 마라 잊지 마라
언제가 가야 할 때는 미련없이
홀홀 가볍게 가기 위해서라도
오늘처럼 가을비 내리는 밤에는
한번쯤 차분히 새겨봐야 할 것들
떨치지 못하면 짐이요
매달리면 바위덩이인 것들
버려야 버려야 할 것들

이 밤에 너도 듣고 있는가
잊을새라 놓칠새라
온 천지 적시며 오롯이
깨쳐주는 불멸의 소리를
가야 할 때 가는 법을 일깨우는
계절의 소리를 너도 듣는가
가을비 내리는 밤에
촉촉히 젖어드는 생멸의 소리를
나처럼 너도 듣고 있는가

아플 땐 섬이 그립다

그리움은 언제나 아픔과 함께 온다
익숙한 아픔에 길들만 하면
그리움은 언제나
새로운 아픔을 앞세워 온다

어쩌란 말이냐
끊어질 듯 아픈 허리 가득
쟁여든 그리움아
감기 몸살 익숙할 만하니
뼛속 깊숙히 파고든 그리움아

아플 땐 섬이 그립다
철썩 철썩 솨악
아픈 만큼 아파하며
의연히 자리 지키는
섬이 그립다

불면

불면은 시 쓰라고 내린 하늘의 선물이다
헌데 너는 어찌 불면의 노예가 된 거냐
어찌 너는 그리움의 숙주가 된 것이냐

하여 나는 쓰나니 이해하시라
내가 쓰는 모든 그리움은
그리움의 숙주인
너를 깨우기 위함이라

하여 나는 밤마다 또 쓰나니
이해하시라 서툴더라도
불면은 덕지더덕 그리움의 숙주
다듬을 게 많은 보물의 원석
하여 나는 오늘밤도
쓰고 또 쓰나니
이해하시라 좀 서툴더라도

혼자만 안고 있지 마세요

떠난 후에야 알게 된 것들이 많습니다
듣고 보고 익혀서 알게 된 것이 아니라
어쩔 수 없이 받아들여 포기하다 보니
알게 된 것들이 참으로 많습니다

남겨진 것보다 더 죽을 것 같은 고통은
이별의 상처를 후비고 자리잡는 미움
그 미움에 착 달라붙어 기생하는 자책
그래도 다행인 것은 사람
아파 너무 아파 어쩔 수 없이
주저앉아서야 겨우 건진 선물

떠난 후에 알게 된 것들이 참 많습니다
그 중에 제일은 보내야 한다는 것
다들 그렇게 보내며 산다는 것
사람 사는 일이 다 그렇다는 것

혼자만 안고 있지 마세요
상처보다 더 죽을 것 같은 고통은
세상 혼자인 것처럼 숨어드는 고립
그래도 다행인 것은 사람
혼자가 아니라며 펼쳐주는 가슴
세상에서 가장 빛나는 위안

산수유마을

가을이 익어가는 마을마다 그리움이
여물지 않은 마을이 어디 있겠냐만
가을걷이 잊어가는 산수유마을엔
더욱 진한 그리움이 영근다

가을이 익으면 거둬야 하는 마을에선
겨울나기 양식으로라도 털어가지만
한 해가 익을수록 더욱 쟁이는 마을
산수유마을에 가을이 익으면
새빨간 그리움이 마을을 덮는다

겨울이 찾아오면 더 하리라
끝끝내 영근 열매 거둘 사람이 없어
가지가지마다 악착스레 매달린
알알이 시린 새빨간 그리움에
흰눈이 쌓이면 아련함 더 하리라

누군들 자식들까지 고생 시키고 싶겠나
예전엔 다 먹고 살려고 매달렸지만
지금은 떠나겠다는 걸 어찌 잡겠나
한 집 건너 빈 집이라도
지키는 이 있으니 이만한 거지

가을이 익어가는 마을마다 그리움이
여물지 않은 마을이 어디 있으랴만
가을걷이 잊어가는 산수유마을엔
더욱 아린 그리움이 영근다

행복한 만남

행복해서 시를 쓰는 게 아니라
시를 쓰니까 행복한 일이 생기더라

그랬죠 우리가 그러하듯이
곁에 머무는 이들도 그러하다고

그러면 됐잖아요 우리
앞으로도 그러하자고요

좀 아프면 어떤가요
좀 슬프면 어떤가요

시가 있는데 행복한
만남이 곁에 있는데

시처럼 풀면 그만이지
시처럼 살면 그만이지

시가 내리는 밤

이 밤도 어디서 누군가 죽어가고
어디서 누군가는 태어나고 있겠지

슬프지 않은 죽음이 있으랴만
슬픔에 무게를 달아
자기만의 슬픔을
제일 무겁게 짊어진 사람들
시는 이런 밤에
더욱 시리게 내린다

시는 골고루 내리건만
이 밤도 어디선가 누구는
꽃길에도 슬픔으로
별빛에도 어둠으로
스며들고 있겠지
시는
어디건 누구에게나
골고루 내리건만

시쓰며 누리는 호사

동갑내기 매제가 감곡으로 이사를 하더니
아파트에서 바라보는 석양이라며
사진을 찍어 보내더니 시쓸 때 참고하란다
시집 한 권 제대로 읽는 것 본 적 없는
육오 년생 동갑내기 이과생 매제가

이런 호사가 어딨나?
이런 행복이 어딨나?
시 쓰길 참 잘 했다

소통과 힐링의 시와
함께 하는 행복한 날들

이인환

사람이 떠나면 허물어지는 집을 보라
사람이 떠나면 너도 허물어진다

허물어지기 전에 사람을 들여라
 - '관계' 전문

어느덧 15년의 세월이 흘렀다. 공자가 '세상 일에 정
신을 빼앗겨 판단을 흐리는 일이 없는 나이'라고 한 불
혹을 한참 넘겼음에도 중심을 잡지 못하고 인생의 가
장 큰 위기를 맞아 수렁으로 헤매고 있을 때 친구가 불
쑥 한마디를 던졌다.

"시를 한번 써보는 게 어때?"

"내 인생도 제대로 꾸리지 못하고 있는데 무슨 시를
쓸 수 있겠니?"

"그러니까 더 시를 써야지? 너 윤동주 좋아한다고 하
지 않았어?"

"그랬지. 학창시절엔 윤동주 시를 줄줄이 외고 다녔
지. 그럼 뭐하나? 다 지나간 이야긴걸."

"그러니까 더 시를 써봐야지. 윤동주는 인생을 잘 살아서 시를 썼냐? 자신의 삶 앞에 놓인 운명을 극복하기 위해서 시를 쓴 거지. 생각해 봐. 윤동주는 스물아홉에 죽었어. 지금 너는 그보다 15년을 더 살았어. 연륜으로 봐도 시를 쓰면 더 많은 이야기를 쓸 수 있는 거 아냐?"

친구의 말은 그동안 먹고 사느라 잊고 있던, 내 안에 잠자고 있던 문학소년의 감성을 흔들어 깨웠다. 수렁에서 헤매느라 불면으로 시달리는 밤마다 괴로움을 불러일으키는 부정적인 생각을 털어내기 위해서라도 무엇인가를 해야겠다는 생각으로 대학 졸업 후 접어두었던 시작노트를 꺼내들었다. 어차피 불면으로 지새울 바에야 뭐라도 해봐야 살겠다는 절박한 몸부림이었다. 그때는 그렇게라도 불면의 밤을 달래기 위해 시를 쓰는 것이 더할 나위 없는 위안이었다.

금방 스쳐가는 것들이 한둘인가
그러니 순간순간 소중히 챙겨야지
가는 것은 잡으려 말고
순간순간 인연 맺는 이들로부터
환하게 피어오르는
바로 이 순간의 행복을
　– '봄꽃들' 전문

어느덧 15년 전의 이야기다. 그동안 정말 많은 변화가 있었다. 첫시집 『아버지 어머니 그리움 사랑』을 발간한 지가 엊그제 같은데 어느새 제 4시집을 발간하고 있다. 아울러 『소통과 힐링의 시창작교실』을 통해 많은 사람들의 진솔한 시들을 접하며 '소통과 힐링의 시'의 미래를 밝히고 있다.

"행복해서 시를 쓰는 게 아니라 행복한 시를 쓰니까 더 행복한 일들이 생기더라."

'소통과 힐링의 시'가 지향하는 바대로 대중에게 잘 보이기 위한 시보다 먼저 자신을 힐링하며 가까운 이들과 소통을 위한 시를 쓰며 일상에서 행복을 구가하는 분들과 함께 하고 있다.

그러고 보니 '소통과 힐링의 시'로 함께 하기까지의 과정이 파노라마처럼 흘러간다. 꼭 15년 전이다. 상처(喪妻) 후 골방에만 있다가 모처럼 용기를 내서 초등학교 동문회를 나갔는데 "아내가 그렇게 됐는데 밤에 잠자리는 어떻게 하냐?"는 말을 듣고 '다시는 여기에 와서는 안 될 곳'이라는 생각을 갖고 관계를 끊기 시작했다. 세상 사람들이 다 그렇게 보는 것만 같아서 골방속으로 숨어들 수밖에 없었다. 그러다 보니 사람들과의 관계가 소원해지고 생계 유지에 문제가 생기기 시작했다.

다행히 대학교에서 국어국문학을 전공했기에 출판사 일거리가 들어왔다. 아동용 독서논술 교재를 만들기 시작했고, 아동용 세계 명작을 집필하는데 매달리며 생계를 유지할 수 있었다. 그렇게 9개월 정도를 글 쓰는 일에 매달렸다. 그런 과정에서 다양한 세계 명작 과 작가들의 삶을 접하면서 세상에는 나보다 더 힘든 삶을 이겨낸 위인들이 많다는 것을 알게 되면서 골방 으로만 숨어들던 마음이 열리기 시작했다. 그 무렵에 출판 일거리가 끊어지면서 생계를 위해서라도 어떻게 든 용기를 내서 다시 세상에 나와야 했다.

모 고등학교에 '논구술 특강' 자리가 생겼고, 때를 맞 춰 지역 신문에서 '학생들을 위한 논구술 특강 칼럼 연 재'에 대한 제안을 받았다. 지역신문 특성상 원고료는 줄 수 없다고 했지만, 대신 지역에 내 이름과 학원을 알릴 수 있게 해준다고 하니 망설일 이유가 없었다. 무 엇이든 생계를 위해 다시 출발해야 했기에 지역에 내 가 하는 일을 알리는 것뿐만 아니라 이렇게 쓴 글을 모 아서 책을 발간하겠다는 꿈이 있었기에 동기부여는 충 분했다. 일주일에 한 번씩 쓰는 칼럼이지만 1년을 쓰 면 최소한 50편은 모이니까 2년 정도 쓴 것을 모으면 책을 낼 수 있으니 어떻게든 마감만은 지키자는 각오 로 시작했다.

물론 쉽지 않은 일이었다. 한 편을 써놓고 나면 어느 새 일주일이 금방 돌아왔다. 한두 달 지나면서는 원고 마감 날짜만 생각하면 가슴이 답답해져왔다. 그럼에도 어떻게든 마감만은 지키자는 각오로 꾸역꾸역 써내려 갔다. 그렇게 세 달이 지날 무렵이었다.

'가만 있어 봐. 어차피 글은 마감 전인 화요일 저녁

에 썼고 지금까지 마감을 지키지 못한 적은 없잖아. 그런데 왜 왜 일주일 동안 마감 때문에 괴로워해야 하지.'

원고를 보내고 난 후에 갑자기 이런 생각이 들면서 그동안 마감만 생각하면 답답했던 가슴이 뻥 뚫렸다. 그때부터 비록 화요일 저녁은 밤을 새우더라도 다른 날은 편한 마음으로 지낼 수 있었다. 글쓰기 근육이 단련된 것이라 생각했다.

그 무렵에 이천, 구리, 춘천 등에서 독서논술지도사 자격과정 전문강사로 출강하기 시작했다. 지역신문에 '창의적인 독서지도법'이란 새로운 주제로 칼럼을 연재하기 시작했다. 그렇게 3년 정도 마감을 지키며 글을 썼고, 그 원고를 모아 『한 권을 읽어도 백 권을 읽은 것처럼』이라는 책을 발간해서 독서논술지도사 자격과정 교재로 활용하기 시작했다. 이 책은 이후에 『일독백서 기적의 독서법』으로 재발간해서 많은 이들의 사랑을 받았다.

이후에 지역 신문에서 일정 정도 원고료를 줄 테니 일주일에 두 편의 원고를 써달라는 제안을 받았다. 매주 사설을 추가로 쓰기로 했다. 그동안 써온 칼럼은 내가 마음대로 주제를 정해서 쓰기에 일주일 안에 언제든지 쓸 수 있었다. 하지만 사설은 시사성이 있어야 한다면 마감 전날인 화요일 오후에 주제가 주어졌기에 화요일은 사설을 쓰느라 밤을 새우는 날이었다.

이것 역시 처음에는 너무 힘이 들었다. 수요일 10시에 강의가 있어서 어떻게든 아침 7시 안에는 써야 하는데, 정말 가슴이 미어지는 일이었다. 하지만 원고료를 받는 일이라 더욱 간절한 마음으로 마감을 지키려고 기를 썼다. 그렇게 몇 달이 지날 무렵이었다. 그때부터 정말 신비한 경험을 하기 시작했다. 글이 써지지 않아 주제만 잡고 낑낑대다가 까무룩 잠이 들었는데, 꿈 속에서 글을 쓰고 있는 것이었다. 더욱 신기한 것은 꿈에서 깼을 때도 생생히 기억에 남아 얼른 일어나 원고를 완성해서 마감을 지킬 수 있었다는 것이다.

'아, 불후의 명작을 남긴 위인들이 꿈에서 영감을 얻었다는 이야기가 바로 이거구나!'

그때 눈에 들어온 책이 황농문 교수의 『몰입』이었다. 간절히 원하는 것을 이루기 위해 몰입을 하면 고도로 집중된 상태에서 문제의 해결책을 찾을 수 있다는 이론이었다.

이후 인간의 두뇌에 대한 연구자료와 책들을 많이 접하기 시작했다. 지금은 품절이 되었지만 그 당시 (사)한국강사협회에 동기로 만난 가정의학과의사 이동환의 『로봇의 마음을 훔친 로봇』이라는 책이 마음에 꽂혔다.

프랑의 의사 르네는 상자 안에 로봇을 마음대로 움직이게 하고 한 구석에 알에서 막 깨어난 병아리를 놓고 실험을 했다. 병아리가 없을 때는 마음대로 움직이던 로봇이 병아리를 갖다 놓으면 병아리 쪽으로 움직임이 쏠리는 현상을 반복한다는 것을 확인했다. 여기에서 르네는 병아리와 같은 조류는 알에서 막 깨어났을 때 움직이는 물체를 어미로 인식한다는 것을 알고, 병아리가 간절히 어미를 부르는 소리를 듣고 로봇이 그 쪽으로 움직임이 쏠리는 것이라는 실험결과를 발표했다. 아울러 병아리처럼 아주 작은 뇌파로도 무생물체인 로봇을 움직이는데, 그보다 훨씬 크고 발달한 인간의 뇌파로 무엇인들 못하겠냐는 결론을 도출한 것이다.

이 무렵에 교육계에 큰 파장을 일으킨 『시크릿』이라는 책과 같은 맥락이었다. 일반 사람들은 무슨 일을 할 때 먼저 일부터 시작하지만, 인류를 이끌어온 상위 1%의 위인들은 일하기 전에 먼저 머릿속으로 생생하게 하고자 하는 일을 그려서 그 일을 불러오는 뇌파의 힘을 사용해 왔다는 것이다. 이것은 스포츠 선수들이 이미지트레이닝을 통해 성과를 내는 것으로도 증명되고 있었다.

꿈에서 글을 쓰는 경험을 한 후로 나는 우리의 뇌는 간절하게 원하는 것을 생생히 그리는 것만으로도 큰 힘을 발휘한다는 주장을 믿기 시작했다.

그 무렵에 현실이 너무 힘들어서 돌파구를 찾아보고자 심리상담사 공부를 시작했다. 그 공부를 통해 누구도 원하지 않는 불행으로 이끌어가는 무의식의 작용과 그 무의식에 절대적인 영향을 끼치는 내면의 상처, 즉 트라우마에 대해서 깊이 있게 배우기 시작했다.

트라우마는 혼자서 가슴에 품고 있으면 무의식으로 작용하면서 원하지 않는 삶을 살게 만드는 큰 상처로 자리잡을 수 있지만, 용기 내어서 꺼내놓으면 대부분의 사람이 다 겪는 일 중에 하나라는 것을 알게 되면서 함께 하는 이들과 동병상련의 감정을 느끼는 것만으로도 치유의 효과를 얻을 수 있다. 따라서 트라우마에서 벗어나려면 무엇보다 자신의 용기 내어서 잘 표현하는 노력이 필요하다.

이것이 '글쓰기 치유'의 이론적 배경이다. 그 당시 접한 많은 '글쓰기 치유'에 관한 책들이 누구에게 말 못한 이야기를 글쓰기로 풀어내다 보면 치유의 효과를 얻을 수 있다고 했다. 그때 젊은 어머니들을 상대로 독서논술지도사 자격과정 전임강사로 활동하고 있어서 심리상담 기법을 '글쓰기 치유'와 접목해서 내면의 상처를 표현하는 글쓰기를 시도했다.

여린 가슴으로
하나둘
얼굴을 내밀었다

피보다 진하게 꼭꼭
감싸안기만 했던
망울망울
 – '글쓰기' 중에서

처음에는 어느 정도 효과가 있는 것을 경험했다. 하지만 횟수가 거듭되면서 이에 따른 부작용이 크다는 것을 알았다. '글쓰기 치유'를 위해서는 상처를 구체적으로 써야 하는데, 그렇게 쓴 글은 시공간을 초월해서 뜻하지 않는 사람이 읽게 될 때 더 큰 상처로 돌아오는 경험을 하게 된 것이다. 그래서 그때까지 보았던 '글쓰기 치유'에 관한 책들이 현장실습보다 이론에 치우쳤다는 생각을 버릴 수 없었다. 자칫 글쓰기 치유가 더 큰 상처를 불러올 수 있다는 것을 알고 얼른 멈출 수밖에 없었다.

그때 본격적으로 시를 쓰면서 이전에는 몰랐던 새로운 사실을 많이 알게 되었다. 현재 시인으로 활동하는 사람이 최소한 3만 명이 넘는데, 대다수의 시인들이 자신이 쓰는 시가 표절이거나 아류작인 줄도 모르고, 유명 시인들의 흉내를 내고 있다는 것을 알았다. 그러면서 정작 자신은 동료나 다른 이의 작품에는 크게 관심을 기울이지 않는 것을 확인하고 신선한 충격에 빠졌다. 하긴 그건 나부터도 그랬다. 워낙 많은 문학잡지를 접하다 보니 대충 훑어보고 아는 사람의 작품이나 잠시 눈길을 주는 것으로 끝나는 경우가 많았다. 그런 경험을 하다 보니 시를 쓰고 발표하는 것에 대한 회의가 들기 시작했다.

그러다가 문득 예전에는 시가 불특정 다수에게 보여주기 위한 것이 아니라 자신의 아픈 마음을 달래기 위

해 쓰였거나, 가까운 이들과 소통하는 도구로 쓰였다
는 것이 떠올랐다. 유리왕의 '황조가'가 그랬고, 월명
사의 '제망매가'가 그랬고, 이방원의 '하여가'와 정몽
주의 '단심가'가 그랬고, 황진이와 서경덕의 시가 그러
하지 않았던가?

　휠휠 나는 저 꾀꼬리
　암수 서로 정답구나
　외로워라 이 내 몸은
　뉘와 함께 돌아갈꼬
　- 유리왕의 '황조가' 전문

　이때부터 유명 시인의 표절이나 아류작이 아닌 세상
에 누구도 쓰지 않은 나만의 시를 쓰려면 나만의 이야
기를 담은 '스토리텔링 기법'을 활용해야겠다고 생각
했다. 그러다 보니 자연스레 글쓰기 치유와 접목이 되
었고, 나만의 이야기를 스토리텔링 기법으로 풀어내다
보니 자연스레 힐링의 효과도 얻고, 그렇게 쓴 시가 독
창성을 인정받아 다른 이들에게도 더 감동을 준다는
것을 경험하기 시작했다.
　그때부터 나는 어머니와 아버지의 대한 시를 쓰기 시
작했다. 칠순을 넘긴 어머니는 뇌졸중 초기상태로 몸
을 잘 움직이지 못하는 상황이었고, 아버지는 10여년
전에 집앞 도로에서 교통사고로 갑자기 돌아가시는 바
람에 임종도 못한 채 멀리 떠나 보낸 상황이었다.

논밭일 팔십 평생
살 태우고
뼈 삭혀 오신
어머니

앙상한 몸매
쪼그라든 주름
약으로 병원으로
의지하지만

약 한 봉지 드시더라도
짐이 될 수 없다며
자식부터
챙기시는
강단진 세월

애오라지
자식 걱정
한 번 부담마저
떨구려는
가없는 사랑
  - '어머니' 전문

　그때 어머니에 대한 시가 담긴 잡지를 시골집에 갖다
놓았는데 어머니가 그 시를 읽으시고는 은근히 좋아하
신다는 것을 알았다.

"엄마 마음 아냐?"

지금도 어머니가 잡지를 보시고 슬그머니 다가와서 손을 꼭 잡으며 건넸던 말이 귀에 생생하다. 그때부터 나는 어머니를 위해서, 몸도 제대로 가누지 못하면서 홀로 된 아들을 걱정하는 어머니와 소통하기 위해서 어머니에 대한 시를 의도적으로 더 쓰기 시작했다.

유명시인이 아닌 경우에는 독자가 지인으로 한정될 수밖에 없다. 그 중에 가족은 누구보다 내가 쓴 시에 가장 관심을 보이는 이들이다. 그것을 잘 알기에 어머니와 아버지, 그리고 딸들의 이야기를 집중적으로 쓰기 시작했다. 그리고 첫시집은 무조건 1차 독자인 가족을 위한 시들로 채워야겠다고 결심했다. 그렇게 해서 2년 가량 쓴 시를 모아서 발간한 것인 첫시집 『아버지 어머니 그리움 사랑』이다. 이태 후에 어머니는 모든 기억을 내려놓으신 채 요양병원에 가셨다가 자식들에게 임종도 보여주시지 않으시고 먼 길을 떠나셨다. 어머니 생전에 시집이 드린 것은 가장 좋은 선물을 해드렸다는 위안이었다.

첫시집 발간을 시작으로 '시창작교실'을 시작했다. 그때부터 좋은 경험이 쌓여갔다. '시창작교실'은 일반 글쓰기와 달리 비유와 상징을 통해 돌려서 표현하는 장점이 있었다. '글쓰기 치유'는 상처를 구체적으로 써야 해서 뜻하지 않은 사람이 봤을 때 더 큰 상처로 돌아오는 경우가 생겨서 그만두었는데, '시창작교실'은 구체적인 내용을 쓰지 않아도 되니까 동병상련, 인지상정의 정을 불러일으켜 공감해 주는 사람이 많아 '글쓰기 치유'의 단점을 줄여주었으니 얼마나 좋은가?

그때부터 첫시집을 스토리텔링 기법으로 시를 창작하는 교재로 활용했는데 많은 이들이 공감해 주었다. 젊은 어머니들을 상대로 했을 때는 아이들을 상대로 소통하는 시를 쓰도록 유도한 경우가 많았다. 아이들이 좋아할 내용을 시로 쓰고 나면 그 시를 본 아이들이 엄마의 마음을 받아들여 교육적 효과가 좋았다고 증언하는 어머니들이 많았다. 어떤 분은 주말 부부로 아이 교육 때문에 갈등을 빚고 있었는데, 남편을 향한 사랑의 마음을 시로 써서 카톡으로 보내주었더니 남편이 좋아해서 문제를 잘 해결했다는 증언도 있었다. 그때 그 경험을 바탕으로 『기적의 글쓰기교실』을 발간해서 2013년 문체부 우수선정도서에 선정되는 기쁨도 누렸다.

또한 그 무렵에 늦게 한글을 배우시고 시에 관심을 갖기 시작한 어르신들을 상대로 '시창작교실'을 시작했다. 일제강점기, 해방공간, 6.25전쟁, 산업화 시대를 온몸으로 살아오신 어르신들의 이야기는 그 자체가 살아있는 역사이자 세상에 하나밖에 없는 그 분들만의 독창적인 시가 되었다.

할아버지는 산에서 나무를 베어 지게를 만들어 파셨네.

산림간수가 "콩밥 드시고 싶으세요 하길래, 내가 언니에
게 "콩밥이 뭐야 물으니 "할아버지 잡아간다는 소리야"
라고 했네. 그때 할아버지는 "잡아 가, 애비 없는 새끼들
을 키워준다면 내가 어딘들 못 가겠냐?"

　- 이상목 어르신의 '눈물로 쓰는 이야기' 전문

"이 시를 쓰면서 밤에 얼마나 울었는지 몰라."

밤새워 쓴 시를 부끄럽다며 내놓지 못하고 꼬깃꼬깃
손에 쥐고 있다가 겨우 펼쳐주며 힘겹게 말씀하시던
어르신의 모습이 생생하다. 그래서 혹시 옛 상처를 잘
못 건드린 것은 아닌가 싶어 조심스럽게 물을 수밖에
었다.

"지금은 괜찮으신 거예요?"

"밤새워 울고 났더니 가슴에 응어리가 녹아내린 것
처럼 시원하더군. 그래서 부끄럽지만 또 이렇게 보여
주는 것이고."

어르신들이 눈물로 써내려간 시들을 4년 동안이나
간직하고 있다가 더 이상 늦췄다가는 안 되겠다 싶어
엮어서 발간한 것이 『민초 어르신들의 노래』다.

어머니가 돌아가신 후에 내게는 이제 두 딸이 전부
였다. 그때부터는 두 딸과 소통하는 시를 본격적으로
쓰기 시작했다. 그 시들을 모아 첫시집 이후 4년만에
『아버지로 산다는 것』을 발간했다.

웃어야 할 이유를 알겠다

왜라고 왜 그러냐고
말할 필요 없다는 것도

전부가 있기에
가족이라는 이름의
든든한
의지가 있기에

세상 포근히
웃어야
웃어야 할
이유를 알겠다
 – '아버지로 산다는 것' 전문

  시는 내가 학원일을 하느라 저녁에도 집을 비워서 거
의 혼자 초등학교와 중학교 시절을 보내야 했던 큰딸
과 그것이 싫어 초등학교 4학년 말부터 축구를 한다며
합숙소로 들어간 작은딸들과 아빠로서 소통할 수 있는
최선의 선택이었다.

  열심히 하는데 잘 하려고 하는데 그만 두랄까 봐 힘들어
하면 당장 그만 두랄까 봐 눈치 보며 울지도 못하고 먹먹
한 가슴 달래는 아이야 울어라 맘껏 울어라 슬럼프 슬럼
프인 거야 전부를 걸어 본 적 없기에 한 번도 슬럼프 겪어
본 적 없는 아빠는 말로 즐겨라 즐겨라 토닥토닥 할 수밖
에 없는 짧은 지식이 너무 아프다

울어라 맘껏 울어라 아이야 지금은 지금은 슬럼프인 거야
  – '슬럼프 슬럼프인 거야' 전문

여자축구 특기생으로 고등학교에 진학하자마자 발목 부상으로 힘든 시기를 보내야 했던 작은딸이 아빠의 시집을 보고 "아빠, 시집 보고 한참 울었잖아"라는 말과 함께 시집을 본 친구들이 "니네 아빠 대단하다"라고 했다는 말을 결코 잊을 수 없다.

같은 시기에 방과 후 학교에 초청을 받아 '시창작교실 특강'을 했고, 그곳에서 아이들에게도 '소통과 힐링의 시'가 통한다는 것을 경험했다.

전단지 알바로
내 자신이
돈을 번 순간

제일 먼저
떠오른 할머니
신발

고맙다
다 컸구나

눈물 적시는
할머니 말씀에

짠해지는

내 마음

  - 중2의 '첫월급' 전문

  바로 그 해에 '소통과 힐링의 시창작교실'이 인터넷 포털 다음(daum)의 스토리펀딩에 채택이 되었고, 290만 원 가량의 펀딩을 받아 초보 중에 왕초보를 위한 『소통과 힐링의 시창작교실』을 발간하면서 본격적으로 '소통과 힐링의 시창작교실' 강좌를 늘려나갔다.

  그러다 보니 점차 욕심이 생기기 시작했다. 첫시집과 두 번째 시집이 가족을 일차독자로 생각하고 발간했다면, 세 번째 『하늘이 바다가 푸른 이유는』이란 시집은 현장에서 강의를 듣는 수강생들까지 내 시를 관심 있게 봐줄 일차독자로 상정해서 '소통과 힐링'을 주제로 발간한 것이다.

하늘이 바다가 푸른 이유는

하늘 아래 땅 위에 사는 사람들의

가슴을 들여다 보니 사람마다

누구나 시퍼런 멍을 품고 살기에

그 시퍼런 멍을 풀어주려고

그 시퍼런 멍에 제각각 흘린 눈물을 풀어

위로 뜬 것은 하늘로 색칠을 하고

아래로 가라앉은 것은

바다로 쏟아 부었기 때문인 거야
  - '하늘이 바다가 푸른 이유는' 중에서

그동안 25차례에 걸쳐 발간된 '소통과 힐링의 시' 중
에 석당 윤석구 시인의 『늙어가는 길』은 유튜브에서
고은하 낭송가를 통해 백세시대를 대표하는 낭송 노인
시로 자리잡아 큰 인기를 얻고 있고, 그 인기를 바탕으
로 KBS2 박원숙의 '같이 삽시다'에 잠깐 낭송되는 것
이 방송되면서 더욱 큰 인기를 끌고 있다.

처음 가는 길입니다
한 번도 가본 적 없는 길입니다
무엇 하나 처음 아닌 길은 없었지만
늙어 가는 이 길은 몸과 마음도 같지 않고
방향 감각도 매우 서툴기만 합니다

가면서도 이 길이 맞는지
어리둥절할 때가 많습니다
때론 두렵고 불안한 마음에
멍하니 창밖만 바라보곤 합니다
시리도록 외로울 때도 있고
아리도록 그리울 때도 있습니다
  - 윤석구의 '늙어가는 길' 중에서

이에 용기를 내서 네 번째 시집 『예쁘고 예쁜 작은
꽃들 피었다』의 일차독자는 출판이안에서 '소통과 힐

링의 시'로 시집을 발간한 시인들과 그들의 독자들까지 확대해서 발간했음을 밝힌다.

"시를 쓰다 보니 행복한 일이 많이 생기네. 무엇보다 먼저 내가 행복하고, 시를 본 가족들이 행복해하니 얼마나 좋은지 몰라. 시를 쓸 때는 힘이 들지만 행복하니까 자꾸 쓰게 되네."

그동안 함께 하는 이들이 들려주는 생생한 경험담을 통해 더 많은 이들이 '소통과 힐링의 시'로 행복했으면 하는 바람을 담아 본다. 독자님들의 행복을 자양분으로 '소통과 힐링의 시'는 더욱 든든히 뿌리를 내려갈 것이 분명하기 때문이다.

발밑을 챙겨보라고 작은 꽃 피었다
발바닥부터 웃어보라고 작은 꽃 피었다
언제나 가장 낮은 곳에서
나를 받치는 발바닥을 챙겨야
발바닥부터 웃어야
온세상이 웃는 것을 볼 수 있다고
예쁘고 예쁜 작은 꽃들 피었다
 – '작은 꽃' 전문

소통과 힐링의 시26
예쁘고 예쁜 작은 꽃들 피었다

초판 인쇄 2022년 10월 19일
초판 발행 2022년 10월 21일

지은이 이인환

펴낸곳 출판이안
펴낸이/ 이인환
등 록/ 2010년 제2010-4호
편 집/ 이도경 이정민
주 소/ 경기도 이천시 호법면 단천리 414-6
전 화/ 010-2538-8468
인 쇄/ (주)아르텍
이메일/ yakyeo@hanmail.net

ISBN : 979-11-979987-1-3(03810)
가격 11,500원

* 잘못된 책은 구입한 서점에서 바꿔 드립니다.
* 출판이안은 세상을 이롭게 하고 안정을 추구하는 책을
  만들기 위해 심혈을 기울이고 있습니다.